性情诀

简注版

赫赫扬扬／著

山东城市出版传媒集团·济南出版社

图书在版编目（CIP）数据

性情诀 / 赫赫扬扬著 . -- 济南 : 济南出版社 ,
2022.1
ISBN 978-7-5488-4938-4

Ⅰ . ①性… Ⅱ . ①赫… Ⅲ . ①诗集 - 中国 - 当代
Ⅳ . ① I227

中国版本图书馆 CIP 数据核字（2022）第 001730 号

性情诀（简注版） 赫赫扬扬 / 著

出 版 人 崔 刚
责任编辑 李 敏
装帧设计 戴梅海

出版发行 济南出版社
地 址 山东省济南市二环南路 1 号 250002
发行热线 0531-86922073 67817923
86131701 86131704

印 刷 济南新先锋彩印有限公司
成品尺寸 150mm×230mm 16 开
印 张 14
字 数 173 千字
版 次 2022 年 1 月第 1 版
印 次 2022 年 1 月第 1 次印刷
定 价 59.00 元

自 序

（一）

诗是什么，诗就是人生。

（二）

苦难和磨难，不只是诗人的宿命，也是诗的需要。

（三）

我是个自私的人，我把爱只写进诗里。

我是个怯懦的人，我把恨只写进诗里。

（四）

体味泪水中的愉悦，享受孤寂中的温存，是一种活法。

（五）

存平仄韵律，而不拘于平仄韵律，重在性情，无论作诗还是做人。

（六）

如果你没读懂我，我还说什么。

如果你读懂了我，我还说什么。

目录

（1）无　题（借尔性情诀）

一九七五

借尔性情诀，
破我心中结。
纸上生山河，
笔下出日月。

（2）彩　虹

一九七五

雨过天晴彩虹飞，
彩虹如桥云如水。
龙王乘船水中去，
艳阳过桥洒金辉。

（3）蚕

一九七五

缘结桑田守素斋，
自囚樊笼向如来。
但得人间穿绸缎，
水煮火蒸也无碍。

（4）无　题（繁星如海月似舟）

一九七六

繁星如海月似舟，
长空几声孤雁啾。
谁家娇女楼台坐，
看罢天孙望牵牛。

（5）无　题（秋来青叶早承霜）

一九七七

秋来青叶早承霜，
散落天涯自枯黄。
熟读三国惜霸业，
阅尽红楼见虚妄。
初识劳燕哭梁祝，
又梦惊鸿思陆唐。
人生第一伤心事，
少年情浅错同窗。

［注］陆唐：指陆游、唐婉。

（6）无　题（孤灯谁与话凄凉）

一九七八

孤灯谁与话凄凉，
先雨后风夜自长。
平生初尝愁滋味，
不是相思是情伤。

（7）无　题（西风贴地落叶稀）

一九七九

西风贴地落叶稀，
片帆孤影晚照里。
竟日无人倦梳头，
燕子一去无消息。

（8）无　题（微雨乍停闻初蝉）

一九八〇

微雨乍停闻初蝉，
日暮茶残倚栏杆。
池头花落三五朵，
画眉飞上空秋千。

（9）丑奴儿

一九八一

欲近中秋觉夜寒，
灯也圆圆，
月也圆圆，
遍地蛩声裂肝胆。

望断长空听孤雁，
眼也酸酸，
心也酸酸，
杜康和泪伴醉眠。

（10）无　题（半是白云半蓝天）

一九八二

半是白云半蓝天，
飞鹜过溪秋水浅。
浊酒一壶菊花下，
静待弯月上青山。

（11）无　题（自闭帘栊拒东风）

一九八三

自闭帘栊拒东风，
怕惊黄莺停银筝。
飞絮又从夕云去，
落花无声夜点灯。

（12）赠　诗

一九八四

正是山花烂漫时，
莫做落红逐桃溪。
纵然雷霆摧千度，
也留香风十万里。

（13）无　题（春闹路上落樯帆）

一九八五

春闹路上落樯帆，
回首故园雨涟涟。
飞点千篙出深峡，
翻转万桨过险滩。
愧对渔樵伤酒侣，
辜负琴瑟误红颜。
不如垂钓南山下，
桃花两树水一湾。

（14）春　燕

一九八五

秋去非为避风寒，
衔来枝头春万点。
平生虽无争凤志，
却也扶摇上九天。

（15）望江南

一九八五

多少夜，
风雨梦不成。
点点滴滴梧桐叶，
敲碎心头别离情，
疑是扣窗声。

（16）无　题（收拾散魄就黄花）

一九八五

收拾散魄就黄花，
愁入心田自发芽。
月照残荷远波浪，
风动芦荻近平沙。
情随飞蓬追朝露，
恨从断鸿染余霞。
或是前生未了债，
系铃无绳用乱麻。

（17）临淄怀古

一九八五

桓公志，
湣王情，
乐毅扶剑笑功名，
当年管仲田单事，
尽付茶余饭后中。

南边去，
北边行，
临淄古道人匆匆。
日暮荒冢萋萋草，
断垣枯树鹧鸪鸣。

［注］古人喻鹧鸪鸣音为“行不得也哥哥”。

（18）山　泉

一九八五

为证生来一身清，
哪管春夏或秋冬。
满山乱石压不住，
淙淙总往人前涌。

（19）无　题（夜深始觉暮春寒）

一九八五

夜深始觉暮春寒，
慵依斜栏，
肠断小桥边。
不堪忆当年，
情怀无限。
只是芳草幽径，
到如今，
空留遗怨。
含恨问东风，
流水落花，
几时回还。

归来伏案寻旧篇，
物是人非，
未吟泪潸然。
起身徘徊处，
月碎床前。
叹这残章断句，
续也难，
不续也难。
算唯有苦待，
长宵灯尽，
鸡鸣南山。

（20）山坡羊·飞鸟

一九八五

西南东北，
东北西南，
一双翅膀任翩跹。
醒与眠，
谁能管。

夜来鼓瑟赴大海，
朝起饮露上青山。
饥，
心里甜；
饱，
心里甜。

（21）无　题（昨夜梦魂又相逢）

一九八六

昨夜梦魂又相逢，
仍是当年一惊鸿。
蓬莱海中八万里，
瑶池天上九千重。
仙鸟有意搭鹊桥，
灵鱼无因扣蟾宫。
惟将满腹相思苦，
化作杨花染长空。

（22）如梦令

一九八七

小城春残雨巷。
燕子落花短墙。
折柳初定日，
黛眉易收难放。
勿忘，勿忘，
把酒低吟浅唱。

（23）题聊斋

一九八八

千年锁心为修行，
仙途漫漫自伶仃。
今日忽欲蹈红尘，
只因人间少真情。

（24）三亚偶遇台北诗人

一九九六

天涯海角共乡音，
相逢一笑自来亲。
九州八荒风流客，
四海五湖读书人。

（25）无　题（月淡枭声杳）

一九九七

月淡枭声杳，
衣薄露留痕。
甜梦风吹去，
苦酒我自斟。
孤舟泊野湾，
萤火绕荒坟。
昏昏老树下，
半醉半醒人。

（26）忆琼州海瑞墓之椰树

一九九七

风摧雷灼折几度，
新叶每每向天怒。
九尺腰身弯不得，
只缘根系海瑞墓。

［注］海瑞墓侧生椰树，传雷电几度摧折，树每每死而复生。

（27）无　题（百年轮回忆是非）

一九九八

百年轮回忆是非，
前尘旧事已成灰。
归林只因爱生恨，
去国总为喜变悲。
浏阳郊外一抔土，
武昌城头两行泪。
冷月哪堪梦当初，
红袖添香读采薇。

［注］谭嗣同墓在浏阳郊外。

（28）忆　旧

一九九八

四月雨香石榴红，
双燕补巢房檩中。
采桑南山归来晚，
一塘绿水半天星。

（29）题西子湖慕才亭

一九九九

贬落风尘情未哀，
且为苍天怜英才。
江南华章出西湖，
钱塘文脉连东海。
青楼有心蔽寒士，
庙堂无颜见裙钗。
至今亭外红绣球，
岁岁枝头迎客开。

［注］慕才亭为南齐歌妓苏小小墓。

（30）无　题（也在月上柳梢头）

二〇〇〇

也在月上柳梢头，
半是娇嗔半是羞。
流萤乍落花丛静，
蝉鸣轻起竹林幽。
桥空易寻少年恨，
水浅难载平生愁。
至今怯过黑虎泉，
依旧一步一回首。

［注］黑虎泉在济南市。

（31）无　题（凭高无端泪涔涔）

二〇〇〇

凭高无端泪涔涔，
佛山深处最断魂。
松柏不记当年事，
弱枝也曾拽罗裙。

［注］佛山指千佛山，在济南市。

（32）无　题（少年心事复何言）

二〇〇一

少年心事复何言，
如今剩得一片闲。
但愁碧水不曾忘，
遍拍栏杆学稼轩。

又

燕子声里春已半，
大明湖畔柳如烟。
斜向暖日小睡后，
汇波楼上望纸鸢。

［注］大明湖在济南市，汇波楼在大明湖北岸。

（33）无　题（寂寞芳心为谁开）

二〇〇一

寂寞芳心为谁开，
东风不请香自来。
忍辱头顶三月雪，
负重身披四方埃。
闻逢时怜颜乍展，
见遇运欺色未衰。
守得枝头冰玉志，
无蜂无蝶无人采。

（34）题千佛山唐槐亭

二〇〇一

丁香花前折嫩柳，
岁岁今朝空自守。
天上浮云归又至，
岭下春水去未留。
炎凉入目心易冷，
聚散萦梦情难休。
此生合与山有缘，
夕阳古槐听斑鸠。

［注］古人喻斑鸠鸣音为“吾苦”。

（35）无　题（残月偏又照病魂）

二〇〇一

友吴郎，好酒，年近不惑，独身未娶。其邻有酒家，成常客。与胡姓当垆女厚，女每见其欲醉，藏酒不售。

残月偏又照病魂，
楼外子规啼声频。
红袖藏酒似无情，
玉盏奉茶若有心。
胡姬流离三千里，
吴郎蹉跎四十春。
拼得一醉报知己，
失意人对沦落人。

（36）合　欢

二〇〇一

落魄原是为红颜，
个中滋味个中难。
误却平生缘桃李，
虚掷韶华由莺燕。
忍向歧路别青帝，
怯对骄阳听鸣蝉。
一腔痴怨诉向谁，
但随闷雷到天边。

（37）车过故乡

二〇〇一

幼时乡贫，烧石灰者众，青山疮痍，烟尘蔽日。近日车过故乡，河山依旧，烧石灰之风益盛。

河山依旧尘封中，
半世心事半世空。
曾忆打马探赤壁，
愧说解鞍梦江东。
未见恩仇两快意，
徒留伤病一衰翁。
似曾相识田畴里，
双眼不泪亦蒙眬。

（38）夜宿七星台

二〇〇一

暮霭殷勤下寰中，
千山万壑敛葱茏。
一抹愁云遮新月，
数声犬吠压寒蛩。
凉风无意留飞叶，
溪水有情思落红。
竹笛断续消残酒，
长夜漫漫对孤灯。

［注］七星台位于济南南部山区。

（39）无　题（当时对月不知愁）

二〇〇一

当时对月不知愁，
乱点银汉笑牵牛。
思绪追风悠悠过，
心事随水浅浅流。
惜人才见人离去，
用情方知情已休。
梦里依稀寻旧地，
新秋夜半小桥头。

（40）无　题（清清河水轻轻流）

二〇〇一

清清河水轻轻流，
怏怏花草样样愁。
晚风不似当时爽，
秋虫却是今日幽。
恍惚玉影立旧地，
凝眸石桥植新柳。
黑云何苦遮明月，
姮娥从此不回首。

（41）无　题（八百年前画舫中）

二〇〇一

八百年前画舫中，
秦淮旧梦已成空。
边关解甲说烽火，
庙堂辞官写青松。
醒对红粉抚瑶琴，
醉向飞鸷挽长弓。
重来人间访故交，
月白霜清雁无踪。

［注］秦淮指南京秦淮河。

（42）无　题（往事不想偏又想）

二〇〇一

往事不想偏又想，
清风月夜小荷塘。
花间萤火相寻伴，
叶底鸳鸯自成双。
露湿袜履三更寒，
手摘莲蓬十指香。
别后再未啖白藕，
怕对心空丝更长。

（43）无　题（山间日暮鸟投林）

二〇〇一

山间日暮鸟投林，
醉卧松石枕星辰。
仰观天街影缭乱，
俯察归途路缤纷。
寻仙未插腾空翼，
入俗难效逐风云。
但得清泉濯双足，
洗尽人生不称心。

（44）感天鹅

二〇〇一

偶至动物园天鹅湖，见家鹅为群，鼓噪巡行。天鹅两只，傲然湖尾，羞于为伍，悲陷人间，无法飞离，其鸣也哀。

虽是应劫怨亦深，
自爱只因怕沉沦。
展翼一怒有傲骨，
引颈两声是悲音。
几时长空吐块垒，
何日天河洗风尘。
可怜半池轻薄水，
误却胸中万里云。

（45）无　题（错将今世当来生）

二〇〇一

错将今世当来生，
几番梦里人相从。
明知花期失机缘，
偏向情海与命争。
虽无春风扶弱柳，
尚有秋水润枯藤。
愁对黄昏心依旧，
霜染红叶山不同。

（46）无　题（伤怀最是新病后）

二〇〇一

伤怀最是新病后，
淡茶半盏聊作酒。
散枝拂发竹犹在，
清潭印影泉尚流。
线断鸢飞云生恨，
梦萦魂牵月添愁。
晚来风急鸟惊魂，
落叶沾衣又一秋。

（47）放鲤明湖

二〇〇二

冬日，有钓者赠黑鲤红鲫数尾，置水盆中，皆醒也，不忍食，暂养之。越六日，一鲤一鲫毙。二十日后，有宽厚者至，赠其四鲤二鲫养之。余一硕鲤。逾月，奄奄似毙。哀之，纵之明湖。戏祝。

恩怨江湖是非心，
成败悲喜随烟云。
金钩暗布休得意，
焉知不亦钓子孙。
尘世百年谁无过，
得罢手时且饶人。
今朝纵尔水中去，
抖擞精神跃龙门。

（48）村夜醉归

二〇〇二

醉罢归来三更后，
北风难醒书生愁。
相随一路犬吠月，
结伴几树星绕斗。
长短曲直影自悲，
上下起伏身他有。
踏雪声声疑魑魅，
小巷幽幽无尽头。

（49）无　题（别来谢客说病酒）

二〇〇二

别来谢客说病酒，
明月无言对芳舟。
春雨情深添燕泥，
秋风愁重压潮头。
杜宇当日催君归，
鹧鸪今夜劝人留。
心事且付荷灯去，
星星点点过绣楼。

［注］杜宇即杜鹃，古人喻其鸣音为“不如归去”。

（50）蜡　梅

二〇〇二

说尽百花意未平，
独立冰雪自清零。
昼短有心挽夕阳，
夜长无梦数寒星。
疏影博得雅客号，
金衣赢来狂士名。
且将芬芳埋冻土，
半点不许到天庭。

（51）明湖夕照

二〇〇二

访花时节剩几多，
桃红柳绿都错过。
色尽香残倩魂飞，
人去车离风尘落。
灿然湖天两轮日，
寂寞情怀一把锁。
心事满腹向谁诉，
闲来树下对鸟说。

（52）题五龙潭

二〇〇二

淡淡玉兰淡淡开，
絮絮泉水絮絮来。
轻挪慢移花下雀，
似有若无潭上霭。
墙外恍惚闻洞箫，
窗内隐约见裙钗。
春雨也解人寂寞，
纷纷扬扬到楼台。

［注］五龙潭在济南市。

（53）无　题（南燕北归君未归）

二〇〇二

南燕北归君未归，
凭栏凝眉对翠微。
愁遣层云蔽红日，
情付孤帆逐绿水。
梦向三更迎空驿，
醒抛六爻尽残杯。
只是楼前花谢后，
辜负晚来雨霏霏。

（54）杨　花

二〇〇二

只为寒门生来轻，
流落江湖自飘零。
有心存得清白躯，
无意争出佻巧名。
风起先遭尘头劫，
雨收再遇浊水惊。
若逢慧眼识人者，
布衣茅斋也相萦。

（55）无　题（口称珍重刀割心）

二〇〇二

口称珍重刀割心，
从此仙凡难相闻。
一腔缱绻一腔情，
两身无奈两身恨。
秋夜风喧愁入眠，
春日雨寂怕登临。
街灯明灭三千盏，
不照红颜照红尘。

（56）菊

二〇〇二

已将深情许给秋，
但等叶落九月九。
清白只与霜为伍，
孤傲且约鹤作友。
休遣蜂蝶充说客，
莫教莺燕赠缠头。
满山红遍我不羡，
任尔春风响如牛。

（57）题大明湖鸳鸯亭

二〇〇二

十年寻觅十年情，
朱颜未改鸳鸯亭。
远望山寺雾乍起，
近听湖水浪不惊。
飘飘洒洒黄昏雨，
断断续续夜半风。
尝尽酸楚为一诺，
千古痴心是书生。

（58）无　题（心事终未说出口）

二〇〇二

心事终未说出口，
痛对背影暗挥手。
孤孤单单天涯路，
凄凄楚楚关山头。
见月还是瘦如眉，
听泉依旧笑似羞。
迟来江畔望远帆，
一层云雾一层愁。

（59）无　题（踟蹰街头雨绵绵）

二〇〇二

踟蹰街头雨绵绵，
青伞遮风难遮寒。
孤寂心逢孤寂夜，
伤感人遇伤感天。
梦向几更生鹊桥，
魂销何处扬情帆。
花间一地胭脂恨，
云不相怜月相怜。

（60）无　题（闹市归来心半寒）

二〇〇二

闹市归来心半寒，
啸上重云再扬帆。
既然尘寰少知己，
且将芙蕖作红颜。
霞映山寺闻暮鼓，
鹭鸣沙洲见夕烟。
他日江湖人倦后，
醉卧莲底伴花眠。

（61）异　乡

二〇〇二

云淡风平日欲残，
草衰叶枯花黯然。
墙头两只灰喜鹊，
脚底一行青石板。
泉旁归来浣纱女，
溪畔传出牧童鞭。
炊烟散尽心空蒙，
天涯何处是乡关。

（62）题张公坟

二〇〇二

蝉低蛩高风正凉，
月黑星白人彷徨。
骊山四顾论输赢，
潼关回首说兴亡。
黄金带里豪气短，
紫萝襕中忧患长。
书生至此一把泪，
不是情伤是心伤。

［注］张公坟即张养浩墓，在济南市。

（63）夏　枫

二〇〇二

三更月影五更风，
莽原谁可话赤诚。
天生一副好筋骨，
岂与藤萝为宾朋。
野径青苔连碧草，
荒寺老僧对孤灯。
世人不解绿枝意，
妄说霜红品自增。

（64）无　题（曾说呵护到永远）

二〇〇二

曾说呵护到永远，
童心哪知世事艰。
村前河畔草青青，
屋后山头天蓝蓝。
白墙黑瓦大宅门，
红鞋绿裤小秋千。
春残桑葚紫如旧，
只是黄莺已杳然。

（65）雪

二〇〇二

落寞广寒不胜高，
天门开处立云霄。
为填人间难平处，
自将身躯向沟壕。
清凉乾坤听松竹，
冰冻山河见琼瑶。
夜半荒寺欲驻足，
梅花举枝又相招。

（66）无　题（旷野寻芳梅未开）

二〇〇二

旷野寻芳梅未开，
冰河垂钓鱼不睬。
浊酒半壶烧如火，
任它北风能何奈。
醉眼斜睁看天地，
高歌苍凉唱灵台。
多情唯有腊月雪，
一路飞奔入怀来。

（67）无　题（当年娇色惊三春）

二〇〇三

当年娇色惊三春，
魂弱纤纤羞向人。
有心常生芳草岸，
无意蜗居窗前盆。
含苞谁复润雨露，
绽放自未沐星辰。
早知情淡如流水，
拼死不进你家门。

（68）无　题（情恨二字一并抛）

二〇〇三

情恨二字一并抛，
且将凄凉作逍遥。
菩提得缘路漫漫，
银汉失桥水滔滔。
冰泽雪径断篱笆，
冷月疏枝空雀巢。
残茶早已不知味，
今夜无梦到天晓。

（69）落　叶

二〇〇三

错认西风作东风，
却被薄幸误平生。
曾立高枝伴明月，
难落荒原从飞蓬。
人间黄土埋新恨，
天上清霜葬旧盟。
幽魂茫然归何处，
一路飘摇随断鸿。

（70）无　题（再相逢时雨潇潇）

二〇〇三

再相逢时雨潇潇，
执手无言对江潮。
人生憾事情易散，
命运坎坷恨难消。
不信来世还如此，
初识依旧在年少。
头上两条羊角辫，
怀中一只小花猫。

（71）无　题（戏言来世续前盟）

二〇〇三

戏言来世续前盟，
人海转身又一生。
春送缠绵江南雨，
秋迎呜咽漠北风。
残阳远山双蝶路，
断鸿寒江孤蓬灯。
纵使红尘无觅处，
奈何桥上待相逢。

（72）无　题（新绿才上乱枝头）

二〇〇三

新绿才上乱枝头，
细雨寒食春如秋。
暮鼓苍凉山前寺，
薄雾依稀水中舟。
花伞茕茕藏倩女，
孤亭落落装闲愁。
天若怜我断肠人，
冷风不宜再飕飕。

（73）无　题（春风到底情不长）

二〇〇三

春风到底情不长，
去日匆匆负芬芳。
千枝凛然对乌云，
万朵从容向花殇。
浅愁深恨魂落地，
泥埋尘掩土生香。
青梢尚余一点红，
无言独自乜夕阳。

（74）故　园

二〇〇三

故居有旧园，少年时戏言将于园中建“性情楼”以聚同道；近闻旧园不胜岁月，颓败不堪。

旧梦曾惊故园秋，
书生狂言性情楼。
虽有一双望月眼，
偏少两只摘星手。
断壁残垣风雨恨，
病树伤花朝夕愁。
也知人力赖天意，
仍是愤愤不甘休。

（75）无　题（花墙修竹月弄影）

二〇〇三

花墙修竹月弄影，
楼台夜半飞流星。
芳心茫茫因落寞，
病魂沉沉为多情。
寒蛩凄婉书未至，
洞箫呜咽客已行。
露水应是姮娥泪，
一滴一恨数到明。

（76）孤　云

二〇〇三

心高换得漂泊命，
天涯海角但凭风。
白日悠悠伴孤雁，
长夜凄凄对寒星。
峰峦千尺欺娇柔，
波涛万丈妒丽影。
自怜一身洁如雪，
不向人间留泥泞。

（77）银　杏

二〇〇三

繁花丛中不争春，
芳草园里让几分。
风吹雨洗沙尘面，
铁打铜铸金刚身。
车马喧嚣邻家乐，
松竹无言自相亲。
桃李休夸颜色好，
五百年后谁知君。

（78）无　题（雾出街灯转凄迷）

二〇〇三

雾出街灯转凄迷，
潮落涛声尚未息。
去时花前留新痕，
再来叶底无旧迹。
心为山阻生疲惫，
梦因水隔失旖旎。
红粉或许怜倦客，
肩背忧伤归故里。

（79）葬　愁

二〇〇三

秋风起时月融融，
曲水亭外画楼东。
莲芳阵阵抚浪子，
蛩吟声声惜孤鸿。
多少苦旅魂欲断，
几度温柔梦成空。
不携旧愁登前路，
伤痛一抔埋土中。

［注］曲水亭街在济南市。

（80）无　题（一样冷雨一样秋）

二〇〇三

一样冷雨一样秋，
当时听来不觉愁。
闻风追云情难再，
见月思花心已收。
凄苦排遣常用泪，
寂寥消解只有酒。
孤馆哪堪梦年少，
阿娇红褂作盖头。

（81）无　题（坎坷历尽何所求）

二〇〇三

坎坷历尽何所求，
梦断香残志未酬。
浮云堆起飘零恨，
落叶铺开思乡愁。
暮鸟声声唤远伴，
夕照默默染归舟。
此情无处可寄托，
渭水河畔学钓叟。

（82）观竹林七贤图

二〇〇四

醉眼哪堪对落英，
情断天涯梦未醒。
围篱有意避世事，
系舟无心钓功名。
黄昏炊烟连云烟，
夜半蛙声接雨声。
瑶琴暂且藏玉匣，
清音留余后人听。

（83）石　榴

二〇〇四

寒枝不随百花行，
厌入风尘待雷鸣。
欲染半天丹霞红，
且守一身碧玉青。
鱼沉江河浪有声，
鸿失长空云无影。
秋来肺腑为君裂，
粒粒颗颗都是情。

（84）过闽地

二〇〇四

妈祖庙前古渡口，
波涛难尽千年愁。
天涯风雨打孤帆，
故里残月照空楼。
谁家灯花结闺怨，
何处寒蝉啼清秋。
从来滚滚九曲水，
无泪无恨不东流。

（85）无　题（如今难比少年身）

二〇〇五

访旧友，听其戏言。

如今难比少年身，
世事早已不关心。
睡榻半是书和药，
腹中全无经与纶。
远山近水乐为伴，
春鸟秋虫喜相邻。
美酒香茗小几案，
月上西楼照花荫。

（86）无　题（孤车今又过云门）

二〇〇五

孤车今又过云门，
一样春景两样心。
胸腔徒添浮生怨，
身边少了梦中人。
凄风阵阵如悲诉，
杏花点点似啼痕。
早知横空生银河，
天孙不该下凡尘。

［注］云门山在山东青州市。

（87）蒹　葭

二〇〇五

不立豪门迎公卿，
草莽布衣度平生。
因邻红荷水为宅，
为栖白鹭岸作城。
淡然情怀看江湖，
散漫心绪听雨风。
霜雪何须试侠骨，
宁折勿弯自铮铮。

（88）无　题（半亩池塘三分田）

二〇〇五

探旧友，闻其戏言。

半亩池塘三分田，
栽桃种菊又一年。
闲来不言天下事，
逢客必说桑与蚕。
痴心暗付云中月，
豪情且随水上烟。
怕向梦里生双翼，
苦夜孤灯伴无眠。

（89）国　槐

二〇〇五

本色天成青未改，
西风几番染不来。
孤枝梦春志尚存，
万木归秋义何在。
当时唯恐少气节，
如今争先添俗彩。
纵难单臂转乾坤，
霜雪一并下尘埃。

（90）无　题（他乡谁识落魄人）

二〇〇七

他乡谁识落魄人，
把酒放歌谢红粉。
休言前路无知己，
且待梦中再相亲。
平生几时纵豪情，
天涯何处栖病魂。
又逢新菊惹征鸿，
尚需强颜对离樽。

（91）无　题（蛰居不必读文章）

二〇〇七

听文友论文，一笑。

蛰居不必读文章，
浑浑噩噩又何妨。
邻窗鹦鹉唱红日，
附檐喜鹊报黄粱。
村儿戏鸢乘风起，
江叟弄船顺水航。
闲来花市逢蜂蝶，
采遍西蜀与南唐。

（92）无　题（落日闲云山自幽）

二〇〇八

落日闲云山自幽，
故园未改旧岁秋。
情雨催花终是梦。
离风凋树竟成愁。
病魂几度隔沧海，
寸心无时不九州。
自从露寒蜩声断，
谁复登高向天吼。

（93）无　题（前世有爱情不深）

二〇〇九

前世有爱情不深，
偏将辕门作家门。
新贵未成几惊梦，
浮名得来只累心。
闺房相知中天月，
灯烛结伴后夜人，
此生为偿当年债，
万水千山寻到今。

（94）无　题（容颜虽改情未改）

二〇〇九

容颜虽改情未改，
心事深埋二十载。
朝遣杜鹃诉君怨，
暮托斑鸠声自哀。
泪送四时云离去，
酒引三更梦归来。
又是春辞故园日，
月照疏篱蔷薇开。

（95）夜宿海阳海滨

二〇〇九

风雨尚未到海角，
乱石系舟自逍遥。
痴鱼打楫懒举网，
狡蜃吐气屡被嘲。
晚来星汉遭云蔽，
新添块垒用酒浇。
醉眼不辨夜深浅，
涛声渐紧欲涨潮。

（96）无　题（夜梦阑珊闻孤鸿）

二〇〇九

夜梦阑珊闻孤鸿，
忆人总在行旅中。
一江喧嚣绕画舫，
半轮寂寞挂长空。
世事竟负少年约，
夙愿或待老来从。
只是秋风渐无力，
相思成霜连天穹。

（97）黄　河

二〇〇九

舍得冰魂雪玉身，
为了前缘入红尘。
仙阙曾有除业愿，
凡间不敢种孽因。
纵言污浊千般色，
犹记清白一片心。
但等险滩穷尽后，
海水洗面向世人。

（98）种　子

二〇〇九

浅埋深藏避芒锋，
退忍岂是惧纷争。
存取薪火传后世，
孕育参天傲来生。
不顾贫瘠与肥沃，
哪管高山或丘陵。
只待夜半惊雷起，
遍地一片破土声。

（99）夜宿跑马岭

二〇〇九

青山七夕月未霁，
鹊桥今夜渡耕织。
天上喜泪因团聚，
人间愁雨为分离。
新病难除盼来鸿，
旧情未改待归鲤。
别梦依稀随风散，
络纬和露向谁啼。

［注］跑马岭在济南南部山区。

（100）再观竹林七贤图

二〇〇九

茅屋独立半山坡，
扁舟泊处系青萝。
琴弦为丝补渔网，
诗书代柴添灶火。
酒热作檄伐烈日，
梦冷拔剑斩飞雪。
夜半纠狼向天啸，
任他岁月自蹉跎。

（101）无　题（三尺丝纶未着钩）

二〇〇九

三尺丝纶未着钩，
乱拣黄花系绳头。
惊煞江湖名利客，
不钓鱼虾钓清流。

（102）无　题（邻家小妹为花狂）

二〇〇九

邻家小妹为花狂，
遍植芳菲满庭堂。
顶雨曾赠两株绿，
踏雪单送一枝香。
赧颜并桃说已媚，
新裙试菊问谁黄。
当时不解其中意，
如今世事已茫茫。

（103）无 题（旧地重来情未收）

二〇〇九

旧地重来情未收，
当时霞光已漂游。
流星夜半方成雨，
清风破晓又惊鸥。
残莲并蒂遗春梦，
寒雁一声落秋愁。
荒园无人和琴瑟，
离箫送月下西楼。

（104）侠

二〇〇九

可怜秉性生来真，
不惜江湖是非身。
栽梅为庐邀清月，
植竹成篱拒红尘。
怒向青山除恶蔓，
喜逢绿水种善根。
吐尽胸中浩然气，
化作云霞照后人。

（105）蜜　蜂

二〇〇九

春风昨夜过邻家，
留得火红一树霞。
任凭蝴蝶翻墙去，
此株不是梦中花。

（106）无　题（常忆晚来淡梳妆）

二〇〇九

常忆晚来淡梳妆，
烛尽繁星满轩窗。
横笛娓娓对远客，
叶露浅浅向萤光。
扶疏当时有桂影，
零落今番是清霜。
十年飘蓬归恨迟，
愧说地老与天荒。

（107）火　柴

二〇〇九

傲然生就栋梁身，
常向苍天问浮沉。
可待路头遮骄阳，
当立山巅托流云。
千斧万锯皮肉断，
零剁碎切筋骨分。
心中无限霹雳火，
一支一根慢慢焚。

（108）无　题（秋来湖山两肃杀）

二〇〇九

秋来湖山两肃杀，
帆云寥落下天涯。
芦藏飞鹜三四群，
柳遮渔人七八家。
平水近岸无涌浪，
堤头向晚有余霞。
气寒老蜂再抖翅，
飞上残荷忆芳华。

（109）酸　枣

二〇〇九

乱石夹缝把身安，
误入人间未择年。
运蹇有心躲恶木，
命薄无缘列参天。
还却城隍百般恨，
借取青帝十万山。
世事酸甜自知味，
披针带刺度清寒。

（110）劝 桑

二〇〇九

故乡旧时多桑树，叶肥葚甘，唯木不成材，树每至碗口粗，树腹即痕裂成伤。长者言：旧有战将饥不能行，摘桑葚果腹，遂发誓愿，“我若战胜为皇，必封此树为王”。后将果为天子，回寻桑树不得，见近处有臭椿一株，喜其形，遂封“树王”。桑闻怒甚，愤至腹破。后世桑树子孙皆传其形。

劝君先收嗔恨心，
王侯将相亦俗人。
解厄本未择贵贱，
济世何曾分疏亲。
叶绿成丝衣天下，
葚红化蜜润古今。
腹中郁结当自疗，
莫因虚名误终身。

（111）臭　椿

二〇〇九

欺名窃位枉称王，
一树参天万木荒。
疏骨松筋当大器，
虚头滑腹作栋梁。
仿竹不见遍身节，
效椿哪有半缕香。
幸得龙目渐昏花，
潦草儿戏定封疆。

（112）无　题（旧路匆匆向谁行）

二〇一〇

旧路匆匆向谁行，
半为苍生半为情。
落花几度哀风雨，
流水一脉照寒星。
瑶琴问月弦不断，
残舟夜渡鸡未鸣。
曾经普陀千顷莲，
看惯波浪心自平。

（113）无　题（世事已休心未休）

二〇一〇

世事已休心未休，
风雨不近人自愁。
燕子过江追往梦，
新月攀山忆旧游。
芳草路断古城外，
波涛沙拒老船头。
可怜鬓发染霜尘，
相逢更待几春秋。

（114）倒春寒

二〇一〇

枉说春讯未见春，
江湖何时垂丝纶。
朔风淫淫沙作雨，
野火漫漫烟如魂。
萌芽有心换天地，
惊雷无意转乾坤。
穴伏静听人间事，
蛰梦连绵化重云。

［注］济南气候有两大特色，一是秋老虎，二是倒春寒。

（115）荷

二〇一〇

不恨东风恨淤泥，
出头未同桃李齐。
一入江湖常思岸，
几经波浪欲近堤。
散尽芳菲驱腥秽，
留得娉婷护鹭鹈。
秋心生成为谁苦，
月在西天八万里。

（116）无　题（鞭马迎风情路遥）

二〇一〇

过某重化工业区。

鞭马迎风情路遥，
鹧鸪声里近中宵。
溪缠林绕使雾阻，
月移花动遣香导。
露浸眉发眼未蔽，
尘染衣襟心自昭。
乱云不洒山河泪，
洗梦尚待钱塘潮。

（117）无　题（荆门闲掩久不开）

二〇一一

荆门闲掩久不开，
浮云蔽月夜自来。
春梦早已锁西厢，
红颜尚未出聊斋。
松针熔雪烹心茶，
佛龛焚香渡情海。
鹦鹉绕梁非雅客，
乱弹琵琶诉灵台。

（118）无　题（楼台依旧连亭阁）

二〇一一

楼台依旧连亭阁，
日暮斑鸠声未歇。
曾将百世相知情，
尽付千年梨花劫。
烟雨半笼大明湖，
画舫中分娥姜河。
常记月夜访杨柳，
琵琶桥东第三棵。

［注］娥姜河即今济南护城河。琵琶桥在黑虎泉西侧。

（119）无　题（连日风雨频上楼）

二〇一一

连日风雨频上楼，
花事难成意未休。
篱前横枝香零落，
门外青芽天尽头。
纵逢雁回心难递，
偏是人去情自留。
银河今夜涨春潮，
半为离恨半为愁。

（120）无　题（夕烟散尽月如舟）

二〇一一

夕烟散尽月如舟，
萤火闪处万山秋。
半溪浅水蛙声断，
一谷疏林雀影收。
玉箫闲挂待天籁，
陶壶常满温浊酒。
夜来无端生风雨，
幸有芭蕉绕竹楼。

（121）无　题（离帆高挂别泪收）

二〇一一

离帆高挂别泪收，
霜染青山万里秋。
风送残照向寒雁，
云阻弯月对九州。
落潮难消新来恨，
晚钟又添当时愁。
此去天涯访旧爱，
不见姮娥不回头。

（122）无　题（总为心死万事休）

二〇一一

总为心死万事休，
残舟无楫自漂流。
香江惊逢寻别梦，
维园忆旧说离愁。
乡关不见隔风雨，
天涯路断挨春秋。
只恨折柳日渐近，
相思万丈冲牛斗。

［注］香江指香港。港人称维多利亚公园为“维园”。

（123）无　题（雨夜无伴自观海）

二〇一一

雨夜无伴自观海，
天外波涛动地来。
梦中鹊桥因情建，
心底离恨为痴埋。
归帆不现伤怀岸，
航灯空立断肠台。
清月破云三更后，
荼蘼架前待花开。

（124）无　题（奇剑铸成不自夸）

二〇一一

奇剑铸成不自夸，
蓄势十年犹未发。
日行江河起龙啸，
夜观牛斗现光华。
梦付荆轲回秦宫，
情随张通走八卦。
荒园酒醒无聊赖，
试拨篱笆望远花。

（125）过金陵

二〇一一

荒驿音书绝，
空渡柳成雪。
风雨新楼台，
烟波旧城阙。
一腔关山情，
千古秦淮月。
归鸿三两声，
为谁道离别。

（126）无　题（心淡情未荒）

二〇一一

心淡情未荒，
冬雷夜惊窗。
水暖河生烟，
雪薄地覆霜，
枯草半车柴，
朽木一炉光。
笑观邻家郎，
扮戏着古装。

（127）无　题（平生知己半壶酒）

二〇一一

平生知己半壶酒，
河山且在画中求。
单为苍茫涂暗恨，
更向空寂泼闲愁。
古松近崖气先壮，
老梅逢雪香便幽。
夜长无梦再添墨，
节节青竹刺云头。

（128）青　冢

二〇一二

天涯何处慰芳心，
可怜丹青误红粉。
宁舍仙缘下瑶台，
不负凡身落胡尘。
毡城月近雁留声，
乡关路遥梦无痕。
细观朔漠伶仃花，
原是青冢有情人。

［注］青冢在呼和浩特市郊。

（129）海阳海滨观潮

二〇一二

暗流浅礁起怒涛，
风雨孤舟正飘摇。
剑鸣但忧恨是岸，
焚香只盼情作桥。
新句未成才已尽，
旧帖重临墨未消。
夜沉无人说清梦，
独立寒窗听秋潮。

（130）京城怀古

二〇一三

漫漫春愁生晚钟，
车辇粉黛归旧宫。
纱灯明灭挑数盏，
朱门无声闭几重。
玉带水寒埋星月，
燕山云怒锁苍穹。
夜半风雨犹未歇，
只打浅绿与鲜红。

（131）无　题（尝与天地论短长）

二〇一三

尝与天地论短长，
欲将山河另铺张。
借月踏歌情正热，
迎风行舟血未凉。
知己离别两拱手，
红颜相逢一举觞。
杜鹃莫向霜发啼，
此生难归少年郎。

（132）京城再怀古

二〇一三

闷雷无端出燕山，
正阳门外雨连天。
海棠失色黄昏后，
浊酒添愁灯花前。
岱顶落日说清梦，
钱塘明月听寒蝉。
枝头鹦鹉了心事，
长腔短调作帮闲。

（133）无　题（故园一别旧事休）

二〇一三

故园一别旧事休，
天涯独自对清秋。
恨遗沧海身已倦，
情悬长空心未收。
魂牵两岸思家国，
梦断三更见神州。
西风知我苍凉意，
遍染青山是离愁。

（134）无　题（因沽新酿过农家）

二〇一三

访旧友，听其戏言。

因沽新酿过农家，
不论朝纲论桑麻。
归来山深无宾客，
举杯殷勤敬云霞。

（135）无　题（思量方知君也难）

二〇一四

思量方知君也难，
咫尺如隔万重山。
望乡台上约今世，
孟婆汤中误流年。
纸鸢送云恐沾露，
芦笙迎月怕惊蝉。
可怜前尘情与爱，
又成梦里再擦肩。

（136）无　题（不怕相逢怕相询）

二〇一四

访友，闻其戏言。

不怕相逢怕相询，
白衣素面对故人。
富贵无关腐儒客，
功名难进狂生门。
暮雪煮酒邀蜡梅，
晓雨抚琴伴迎春。
他日天涯若追忆，
淡淡花开淡淡心。

（137）无　题（且去结庐江水边）

二〇一四

且去结庐江水边，
自对鸥鹭两相闲。
坐观落叶逐浮云，
卧听风雨满关山。
残月有心近渔火，
斜阳无意远归帆。
醉梦三更伤旧事，
再植汀兰忆红颜。

（138）无　题（重逢谁知在残年）

二〇一四

重逢谁知在残年，
浊泪无言对苍天。
星河误出灵仙界，
人海错入尘世间。
醉声寻呼连风雨，
梦眼相望隔云烟。
此生欠君余何物，
花冢情骨埋深山。

（139）唐多令

二〇一四

风雨过芳洲，
落红自漂流。
古渡口三两沙鸥。
杜宇声起柳堤头，
春未尽，
心已秋。

残梦忆旧游，
蔷薇掩绣楼。
挥手时烟霞半收。
天涯无处消病酒，
此生恨，
万古愁。

（140）无　题（那时包河春未深）

二〇一四

那时包河春未深，
萍水却疑是故人。
芳菲渐近赤阑桥，
新月初照逍遥津。
擦肩天涯若有意，
相忘江湖似无心。
重来又见凭栏处，
柳老花空忆前尘。

［注］包河、赤阑桥、逍遥津均在合肥市。

（141）无　题（梦里何处见离愁）

二〇一四

梦里何处见离愁，
桂花树下木兰舟。
清风两岸循山过，
秋月一江傍村流。
四方萤火聚古渡，
三更灯影归绣楼。
早知长成不得意，
也访天孙学牵牛。

（142）无　题（好睡半醒眼惺忪）

二〇一四

好睡半醒眼惺忪，
坐观云路与风踪。
壶中浊酒方盈虚，
洞外山花又枯荣。
雨打茅斋焦樵夫，
浪卷轻舟惊渔翁。
夜黑不宜访道友，
再卧石床梦周公。

（143）无　题（剑钝马老不封侯）

二〇一五

剑钝马老不封侯，
天涯归来为莫愁。
风起扬子秋又至，
花落钟山春未留。
万里关河成旧梦，
一湖清月照新柳。
红颜已随漂萍去，
与谁重上阅江楼。

［注］莫愁湖、扬子江、钟山、阅江楼均在南京市。

（144）无　题（春来无心鞭泥牛）

二〇一五

春来无心鞭泥牛，
自向远路立危楼。
连翘开处思旧事，
杜宇啼时添新愁。
晨鸡曾欲惊去梦，
夕烟只待染归舟。
何日了却浮生恨，
与君骑鹤下扬州。

（145）无　题（天涯何处说忧伤）

二〇一五

天涯何处说忧伤，
家国从此是梦乡。
梁间燕子相啼唤，
门前落英自飞扬。
晨雨殷殷洒长阶，
晚风默默过短墙。
人流如潮无故旧，
十字街头看夕阳。

（146）无　题（雁过钱塘背西风）

二〇一五

雁过钱塘背西风，
晚来霜月照乌篷。
江南佳丽曾倾国，
山阴才俊欲谋城。
东海潮头生剑气，
西湖浪底敛箫声。
落拓天涯谁与伴，
轻挑灯花又三更。

（147）无　题（客船又过黄鹤楼）

二〇一五

客船又过黄鹤楼，
琴台默然对清秋。
两江有情同飞浪，
一帆无缘自漂流。
龟蛇隔水风传恨，
星月联袂云遮羞。
踏破天涯思归路，
只是未解相知愁。

［注］黄鹤楼、琴台、龟山、蛇山均在武汉市，长江与汉江汇于武汉。

（148）无　题（断鸿孤帆亦无妨）

二〇一五

断鸿孤帆亦无妨，
遥指天涯作故乡。
书去放手缘已尽，
梦来相依情未偿。
棕榈临江迎新月，
椰林凭海送斜阳。
闲时便与鸥亲近，
波峰浪底好疗伤。

（149）无　题（浣花溪畔草堂空）

二〇一五

浣花溪畔草堂空，
落叶无风自向东。
廊桥相逢迎秋雨，
孤馆对坐听远钟。
旧梦重寻已遁迹，
新知初见又萍踪。
归去谁人说老杜，
独立夕阳忆芙蓉。

［注］杜甫草堂在成都市，古浣花溪流经此处。芙蓉花为成都市花。

（150）无　题（不见当初万点星）

二〇一五

夜游京城后海，遇大雾。

不见当初万点星，
皇城墙外雾冥冥。
青烟眯眼伤旧事，
薄酒浇心忆落英。
红粉含恨天涯路，
绿水锁愁湖中冰。
夜半后海歌渐慵，
也无悲欢也无情。

（151）无　题（重归故园认旧踪）

二〇一六

重归故园认旧踪，
溪水无言花自空。
小城孤馆朦胧月，
半山荒寺断续钟。
芳草路尽杜鹃啼，
画楼窗落蜡炬红。
此身不及晚来风，
犹拂秀发过帘栊。

（152）无　题（昨夜芳菲梦又空）

二〇一七

昨夜芳菲梦又空，
山居岂与四时同。
林啸草喧现兔穴，
湖寂冰静藏鱼踪。
雪无恨日柳竟绿，
风有情时花自红。
可怜上元云中月，
只照南国春一丛。

（153）无　题（朝天门外两江口）

二〇一七

朝天门外两江口，
归帆依旧绕飞鸥。
细雨轻打洪崖洞，
烟云半遮山外楼。
红粉有心说方壶，
白衣无由见瀛洲。
夜梦哪堪忆旧事，
露台横笛对星斗。

［注］朝天门、洪崖洞均在重庆市，长江与嘉陵江相汇于此。

（154）无　题（黄浦江上浮云停）

二〇一八

黄浦江上浮云停，
化作烟雨满离情。
十里洋场同回眸，
八尺乌篷自相迎。
石库门前习拜月，
玉佛寺里效诵经。
总为前世恨未了，
不到淞沪心不宁。

［注］黄浦江、玉佛寺均在上海市，上海旧称“十里洋场”，石库门为旧上海特色民居。

（155）无　题（半壶风雨一梦烟）

二〇一八

半壶风雨一梦烟，
残杯重拾夜又阑。
谪来人间无芳邻，
华阳宫里认前贤。

［注］华阳宫在济南市华山脚下。华山，又名华不注。宫在山南，故曰华阳。

（156）津门怀古

二〇一八

五大道上当年情，
寒鸦一声旧台亭。
红粉勤招偶他顾，
宝刀闲挂常自鸣。
望海楼前千帆尽，
劝业场外百花零。
东风只与周郎便，
壮怀九河付落英。

［注］天津旧称“津门”，五大道、望海楼、劝业场均在天津市，旧喻天津为九河下梢。

（157）无　题（暮雨轻烟染画楼）

二〇一八

暮雨轻烟染画楼，
半卷帘栊对残秋。
鸽笛声涩归鸟疏，
马道路滑落叶稠。
断鸿远帆四海客，
素琴孤灯三更酒。
红尘错生相知恨，
纵回广寒意未休。

（158）无　题（春来深闺觉夜长）

二〇一九

春来深闺觉夜长，
轻挑灯花茶未凉。
一点思绪无着处，
使从蝴蝶访丁香。

（159）无　题（楼台东望见芳邻）

二〇一九

楼台东望见芳邻，
苍山逢雨日日新。
夜来清梦拥明月，
榆荚满树又一春。

（160）无　题（乱花深处一浅湾）

二〇一九

乱花深处一浅湾，
闲愁随风向东南。
山静无人论古今，
画眉踏枝欲清谈。

（161）无　题（微恙无人倦梳头）

二〇一九

微恙无人倦梳头，
斜挑帘栊望烟柳。
青鸟不解岐黄意，
飞上短枝诉离愁。

（162）无　题（情债不留尘世间）

二〇一九

情债不留尘世间，
千转衷肠对玉蝉。
素琴雅韵起西楼，
淡妆清影出东山。
沧海联袂访三岛，
星河携手巡九天。
相视未语耳热时，
白云作纱遮赧颜。

［注］三岛为古代神话传说中的蓬莱、方丈、瀛洲。

（163）无　题（夜阑酒尽别梦长）

二〇一九

夜阑酒尽别梦长，
三生石上认秋娘。
天边星散藏离恨，
楼前花落埋情伤。
长亭望月人憔悴，
南浦听雨心沧桑。
欲折斑竹作尺素，
片帆孤云下潇湘。

（164）拟　古

二〇一九

疾风向西，
沙尘披靡。
弃我去者，
不可回睇。
回睇伤我棣。

疾风向东，
雪花当空。
弃我去者，
不可遗踪。
遗踪伤我垅。

疾风向南，
雨水涟涟。
弃我去者，
不可流连。
流连伤我槛。

疾风向北，
莺出翠微。
弃我去者，
不可再归。
再归伤我扉。

（165）无　题（聚散匆匆昨夜酒）

二〇一九

聚散匆匆昨夜酒，
寒蛩为谁诉清秋。
月远星淡生白露，
帆近岚浓落红鸥。
问心起嗔藏空恨，
执手忍泪道无忧。
长亭柳老不堪折，
紫薇一枝寄离愁。

（166）无　题（前世来生一场空）

二〇一九

忆南山旧事。

前世来生一场空，
惊鸿乘风入苍穹。
泪同孤馆三秋雨，
酒伴荒寺五更钟。
曾向老梦寻旧迹，
又入青谷吊遗踪。
他年天涯擦肩日，
莫忘南山篝火红。

（167）无　题（问君情海可泛舟）

二〇一九

问君情海可泛舟，
溪水不言欲东流。
淡茶一盏忆天孙，
浊酒半壶哭牵牛。
诗间再理伤心路，
梦里重执红酥手。
烟雨蒙蒙中秋夜，
西楼无月花自愁。

（168）白玉兰

二〇一九

东风着意卷珠帘，
一线芬芳落人间。
忽见月下生白玉，
霎时春色满青山。

（169）莲　花

二〇一九

浆声灯影对月眠，
天上人间一梦牵。
江湖近来无共主，
偏说我是水中仙。

（170）无　题（归来无缘见青山）

二〇一九

归来无缘见青山，
独依轩窗忆鸣蝉。
芳草流云欲作证，
晚风夕照未明言。
新愁乍起又忐忑，
旧梦重寻更惘然。
明月休再探空巷，
且去香闺访幽兰。

（171）如梦令

二〇一九

又是西风日暮，
长亭黄花带露。
雁阵正南飞，
离人欲行还住。
从速，从速，
鸡鸣彩云归路。

（172）如梦令

二〇一九

绿水乌篷烟树，
故园别样景物。
离人又天涯，
且取江南小住。
移步，移步，
枫桥桂花栖鹭。

［注］枫桥在苏州寒山寺外。

（173）如梦令

二〇一九

落日黄沙老树，
蒹葭青莲古渡。
漠北江南路，
那世行来不苦。
偶遇，偶遇，
断桥烟雨西湖。

［注］断桥在杭州西湖。

（174）巫山一段云

二〇一九

何日出闹市，
携手不羡仙。
小河流水绕房前，
岭上起鸣蝉。

晓梦闻翠鸟，
向晚见夕烟。
只记花月不记年，
与君共青山。

（175）巫山一段云

二〇一九

画舫贴鸳鸯，
迎君归故园。
从此烟波万事闲，
不似在人间。

近堤生兰草，
细浪浮青莲。
两岸不住啼杜鹃，
帆行云水边。

（176）临江仙

二〇一九

半世离怀别绪，
孤舟万里萍踪。
寒蛩声杳接断鸿。
弄笛秋风寒，
推窗残月明。

纵言韶华又误，
此情脉脉相从。
天河星淡夜朦胧。
结庐东山下，
鼓瑟西厢中。

（177）鹧鸪天

二〇一九

散发江湖万事宁，
朝钓烟霞夜钓星。
舟迎姮娥载明月，
箫送青帝开天廷。

茶淡淡，
酒平平，
夕照黄花听雁鸣。
保和殿上琼林宴，
不及渔樵一杯情。

（178）南昌怀八大山人

二〇一九

滕王阁下赣江秋，
浅屋陋巷自风流。
山河浊梦宜入画，
故国清泪且兑酒。
方外避祸空门恨，
红尘佯狂乱世羞。
晚来离愁何处寄，
流云孤鹜水悠悠。

（179）无 题（何事中夜立轩窗）

二〇一九

何事中夜立轩窗，
秋水无波月如霜。
欲补情路烧龟甲，
当医心疾问岐黄。
几度甘霖驱灰尘，
一路丹霞慰红妆。
为报梦寒相知泪，
直下江南借春光。

（180）无 题（那世陪君走边关）

二〇一九

那世陪君走边关，
单弓射入敕勒川。
落日山口马帮近，
弯月峡谷雁阵远。
巾帼解甲将军帐，
红颜浣发漱玉泉。
此生相待明湖畔，
杨柳依依挽画船。

［注］漱玉泉在济南趵突泉公园李清照纪念祠前。

（181）巫山一段云·南丰古城

二〇一九

夕阳落江滩，
小城自悠然。
老街旧巷桂花残，
古寺声声禅。

莺飞云又闲，
茶淡酒兴浅。
西楼何日共凭栏，
梦中与君言。

（182）梦江南

二〇一九

心头念，
念念碎成沙。
沉入秋水追远帆，
离恨一夜到天涯。
独坐对灯花。

（183）长相思

二〇一九

蝉一秋，
蛩一秋，
消磨心口多少愁，
雁过霜满头。

长亭酒，
短亭酒，
醒来人去月满楼，
此生不再求。

（184）相见欢

二〇一九

又见秋雨朦胧，
心空空，
怕听近处梧桐远处钟。
更锣碎，
蜡烛泪，
两情同。
无奈潮起潮落掩萍踪。

（185）一剪梅

二〇一九

秋来随君故园行，
人也轻盈，
花也轻盈。
并肩天地皆是情，
云也空灵，
水也空灵。

世事何日不营营，
歌也忘形，
舞也忘形。
今朝携手立长亭，
心也安宁，
神也安宁。

（186）鹧鸪天

二〇一九

忘川走散二十年，
常向寒梦忆从前。
漠北夏至芳草现，
江南春尽花事残。

不忍见，
君的难。
此生情深却缘浅，
千年相逢恨邻船，
隔水隔帆望一眼。

［注］忘川：传说中地府的界河。

（187）江南春·题长清双泉

二〇一九

碧水湾，
藏双泉。
小楼一道河，
故园四面山。
画眉不识伤心客，
单忆秋娘钓柳滩。

（188）无　题（天涯何日思归途）

二〇一九

天涯何日思归途，
红粉居处即姑苏。
晚风煮酒慰伤怀，
夜雨抚琴安别绪。
潮起空帆残月桥，
花落无人斜阳渡。
江南春色三万里，
不及离人一行书。

（189）如梦令

二〇一九

一笑无复仙凡，
证得身忙心闲。
书斋共茶盏，
前生今世了然。
说禅，说禅，
人间又是百年。

（190）如梦令

二〇一九

三生终到君旁，
恰是晚风和畅。
一步一霞光，
谢他天高路长。
守望，守望，
绿水青山无恙。

（191）无　题（不是相欠不相逢）

二〇一九

不是相欠不相逢，
用情深浅问前生。
晚照风寒听单雁，
晓月露浓对孤灯。
洞箫管中说思念，
琵琶弦上诉心声。
他日鹊桥望来路，
连理枝下树缠藤。

（192）无　题（情路何日出洪荒）

二〇一九

情路何日出洪荒，
且将思绪化银霜。
夜落深闺楼顶瓦，
晨洒绣房檐底窗。
欲为灵心遮凡尘，
愿伴芳颜静梳妆。
仙阙清凉秋来好，
红叶满山待霞光。

（193）无　题（晚渡无端中情蛊）

二〇一九

晚渡无端中情蛊，
自向幽谷一恸哭。
三生石上曾牵手，
奈何桥头未同步。
欣逢已然成伤别，
来路岂料是归途。
也知秋残花期误，
偏为恨根添爱土。

（194）望江南

二〇一九

黄昏后，
车马行如风。
离人不见月清冷，
栏杆倚遍夜三更。
无事数街灯。

（195）无 题（火冠雪衣云中仙）

二〇一九

火冠雪衣云中仙，
常携旭日过尘寰。
等闲时节不言语，
开口光明满人间。

（196）无　题（晚来谁复诉衷肠）

二〇一九

晚来谁复诉衷肠，
长忆又接短思量。
醉里仍是春梅艳，
梦中依旧秋兰香。
迷目有意卷珠帘，
清月无忌入绣房。
晓风惜人吹泪烛，
晨露成雨洗情伤。

（197）无　题（残莲凌乱掩前踪）

二〇一九

残莲凌乱掩前踪，
杨柳如旧画船空。
雨荷亭下怨水绿，
超然楼上愁云红。
别后夜长意迟迟，
见时日短恨匆匆。
来世重聚明湖岸，
院门相对生辰同。

［注］雨荷亭和超然楼均在济南市大明湖公园内。

（198）童　趣

二〇一九

逐梦还须少年情，
天地无阻任君行。
脚踩层云学上树，
欲攀高枝摘繁星。

（199）点绛唇

二〇一九

结庐南山，
待君青丝变白头。
江湖看够，
爱恨或情仇。

恋恋红尘，
财色谁双收。
此生愁，
春光难留，
归来心如旧。

（200）踏莎行

二〇一九

心落谁边，
情迷何处。
漫漫长夜无归路。
却出薄酒敬西风，
不吹深闺窗前树。

梦里时节，
醒时意绪。
爱到痴狂人自误。
秋月溶溶照幽兰，
无须春光过绣户。

（201）摸鱼儿

二〇一九

泰安玉泉寺殿前生古银杏两株，俱雌。枝繁叶茂，婆娑多姿。姊妹情深，联袂千年。俯瞰人间悲欢，不恋滚滚红尘。

看世间，
情有多苦，
每每对视无语。
红绳拒拴幽怨客，
满身伤痕难数。
魂断处，
谁守护，
意长缘短不归路。
怕舍贪图。
相知又何如，
加减乘除，
新欢旧人哭。

隔辈误，
重逢未必能补。
真挚或成羞辱。
棒打鸳鸯痛莫哭，
九死一生眷属。
痴心付，
韶华输，
前恩后仇俱入土。
凡尘勿履。
畏神佛谢渡，
姊妹双树，
守千载万古。

（202）南乡子

二〇一九

眉眼自含羞，
恰似弯月挂西楼。
别来几度折素笺，
停手。
用情深时须藏愁。

古渡立残秋，
断鸿孤云两悠悠。
欲入江湖访漂萍，
当留。
帆回谁人送寒裘。

（203）无　题（淡酒浓情送离人）

二〇一九

淡酒浓情送离人，
从此长夜不展衾。
关山万里霜缠月，
江湖一剑箫傍身。
马踏楼兰城头雪，
鞭指燕山德胜门。
明烛高照归家路，
玫瑰香汤洗征尘。

（204）青玉案

二〇一九

碧水潭边几树黄，
云如雪，
雁成行。
欲将心事付斜阳。
咫尺天涯，
念念茫茫，
此生多勉强。

只怕情多累君伤，
却把相知作平常。
一路守望谢上苍。
银汉迢迢，
织女牛郎，
两岸又何妨。

（205）江城子

二〇一九

晚来眉月照短亭，
欲酩酊，
泪盈盈。
阶下寒蛩，
依依对人鸣。
执手不语心自通，
拼一世，
守此情。

长恨浮生意难平，
化清风，
随君行。
天边征鸿，
江畔双飞莺。
勿忘两地拣繁星，
西长庚，
东启明。

（206）鹧鸪天

二〇一九

青山红透又一秋，
霜掩芳踪多少愁。
休说草木无离恨，
落叶逐帆下汀洲。

晓前梦，
晚来酒，
不尽相思风满楼。
守得寒夜枝头香，
月过东篱情自留。

（207）鹧鸪天

二〇一九

晚来星光满山冈，
未见仙踪已断肠。
曾点灵火照云鬟，
又举琼浆飞霓裳。

思往事，
觅遗香。
天上人间两茫茫。
幸有当时明月在，
不辨姮娥与秋娘。

（208）诉衷情

二〇一九

重来人间了尘缘，
又聚明湖畔。
相知亦是相欠，
恩怨为依恋。

旧情在，
新债添。
两纠缠。
自忖此生，
宁舍仙途，
不负红颜。

（209）蝶恋花

二〇一九

琵琶桥上望烟柳，
斜阳日暮，
悠悠晚来秋。
为洗离恨到泉头，
相思入水满地流。

月照花荫又添愁，
宝奁空在，
魂断三更酒。
红烛泪尽梦未休，
人在燕山几重楼。

（210）唐多令

二〇一九

缺月落梧桐，
燕山五更钟。
晓风送、南渡征鸿。
梦里未揩稚女泪，
孤枕寒，
又病中。

关河忆芳踪，
世事竟匆匆。
阡陌外、几度花空。
故人留菊鹊华下，
归去来，
香正浓。

［注］鹊华：指济南市的鹊山和华山。

（211）鹊桥仙·盼归

二〇一九

梦里芳菲，
心头红叶，
远山近水意象。
去留随性关河路，
看斜阳，
归来无恙。

月影琴好，
花荫酒美，
天上人间风尚。
舍取从缘情仇事，
听渔樵，
汀洲晚唱。

（212）清平乐

二〇一九

泉旁湖畔，
流云自追雁。
古桥老柳揽归帆，
牧笛一声日残。

月照轩窗三更，
膝头阿娇梦成。
少了马嘶镝鸣，
是非成败随风。

（213）采桑子

二〇一九

五百年后又秋风，
可怜前生，
可怜今生，
遗恨不成不相逢。

夜来船头一盏灯，
那世三更，
这世三更，
姮娥未见潮未生。

（214）渔家傲

二〇一九

一入人间万事愁，
谁记当年历山秋。
初识泺水小桥头。
三日后，
喇叭唢呐嫁君侯。

此生又访明湖柳，
红袖曾招汇波楼。
残月闺阁催梳头。
闻斑鸠，
花轿已过百花洲。

［注］历山（千佛山）、泺水、百花洲，均在济南市。

（215）采桑子

二〇一九

才言随缘又惘然，
万千思念，
秋雨绵绵，
落叶无声到人前。

晚来清月照江滩，
天上单雁，
水中孤帆，
渐行渐远渐隔山。

（216）渔家傲

二〇一九

情到多时心自苦，
且与天命赌赢输。
休言山穷水尽处，
思归路，
桃花源里得仙途。

小舟把酒向日暮，
悲歌在喉对谁诉。
绣楼临江近古渡，
正迷雾，
好风为我请一怒。

（217）浣溪沙

二〇一九

别后身闲心自忙。
闻君憔悴欲断肠。
又迎西风立斜阳。

何日归来听鸣鹤，
画眉窗前梅正香。
雪夜煮酒试温凉。

（218）鹊桥仙·题灰喜鹊

二〇一九

秋去冬来，众鸟南渡，唯窗外枝头鹊巢外，一灰喜鹊与窗内旧人守望如故。风益寒，霜益苦，不易其志，朝夕相护。情耶，缘耶？鸟耶，人耶？前世耶，今生耶？

秋风已去，
冬雪欲来，
百鸟匆匆南渡。
老翅兀自立枝头，
又眷恋一年寒暑。

前世情深，
今生缘浅，
相对小楼高树。
同是人间两世界，
却何苦守望朝暮。

（219）大　雪

二〇一九

月照远帆缓缓归，
落叶随风翠鸟飞。
孤灯挑尽宿酒后，
帘外无雪亦无梅。

（220）浪淘沙令

二〇一九

残月立江湾，
姗姗楼船。
客尽仓空人不见。
素笺未达恨征鸿，
归梦难圆。

晓风起朱鹮，
双双随帆，
衔得彩云到巢前。
此生何日生两翼，
来去翩跹。

（221）浪淘沙令·心冢

二〇一九

秋夜酒半酣，
泪眼潸然。
犁开心田任君眠。
不恋人间远浮尘，
一梦经年。

相知误红颜，
睡易醒难。
雪中常立蜡梅前。
冬雷未惊谪仙子，
痛彻肝胆。

（222）浪淘沙令

二〇一九

重来忆从前，
细雨贵山。
年少无愁梦婵娟。
哪知后来相思恨，
空留人间。

孤馆酒未酣，
睡意阑珊，
离人今夜又天边。
软月柔情满玉箫，
吹彻阳关。

［注］贵山：指贵阳，贵阳地处贵山之阳。

（223）浪淘沙令·射背牌

二〇一九

贵阳花溪高坡苗人有俗，男女相恋，悖于父母命而不能成婚者，可由族人见证，男女行“射背牌”礼，以示生不能婚，死为夫妻。其礼为男用弓箭射中铺于地面的女方“背牌”（女性布饰），女用弓箭射中男衣袍一角，作为信物互换，从此生时永不为婚，需遵父母命各自另嫁娶，死后各带对方信物入土安葬，阴间再结连理。

情恨两重天，
此生何欢。
红颜流泪到残年。
可怜鸳梦无来世，
泉下阴间。

心累身哪堪，
火海刀山，
做人味苦做鬼甜。
纵封王侯领诰命，
终是不甘。

（224）浪淘沙令·民歌湖

二〇一九

南来望乡关，
皎皎月圆。
湖光灯影笼画船。
可怜夜色隔天涯，
闺中未眠。

沿岸植木棉，
花待春暖，
折取一枝随归雁。
万水千山到鹊华，
只付红颜。

［注］民歌湖在南宁市区。

（225）渔家傲·宛在堂

二〇一九

宛在堂下思秋娘，
五百年前旧诗行。
小舟曾飞闽江浪，
湿衣裳，
把酒高歌向斜阳。

再入人间续疏狂，
携手相亲又何妨。
孤帆夜出马尾港，
当远航，
休听世俗枉评章。

［注］宛在堂：在福州西湖公园内，始建于五百年前，为福州诗人吟诗聚会之所。

（226）浪淘沙令

二〇一九

去留两情浓，
前生匆匆。
三坊七巷旧颜容。
月浸雨洗石板路，
曾印芳踪。

庭园认老榕，
空桐花红。
归来遗恨不言中。
这世补君心头债，
天地相从。

［注1］三坊七巷在福州。
［注2］空桐即刺桐。

（227）浪淘沙令

二〇一九

日暮闽江情，
燕燕莺莺。
白鹭起落帆同行。
独倚栏杆忆素裙，
来时叮咛。

别后月中影，
娉娉婷婷，
芳心依旧清如冰。
天涯归路风正暖，
不恋功名。

（228）浪淘沙令

二〇一九

连日雨绵绵，
楼外云烟。
谁家离恨漫无边。
一腔愁绪秋未散，
随来冬天。

转眼又一年，
情伤难免，
晚来相忆辨苦甜。
如若重回未逢时，
仍选当前。

（229）浪淘沙令

二〇一九

旧梦向谁言，
荒芜心田。
邕州古街自流连。
片云微雨人不辨，
只见花伞。

去去身愈远，
难舍红颜，
月满历山风正寒。
得遇海鸥是归日，
花开春暖。

［注1］邕州指南宁。
［注2］历山即千佛山。

（230）浪淘沙令

二〇一九

月冷寒烟生，
后园三更。
闲坐轩窗不点灯。
长梅短竹也风景，
浑然天成。

晴岚入云层，
瑟瑟晓风，
花红叶绿雪中情。
留待行人作追忆，
心羡口称。

（231）浪淘沙令

二〇一九

古渡落日红，
相逢匆匆。
千般离恨不言中。
眼角细纹未数尽，
船又萍踪。

人远情愈浓，
月冷心空，
江湖风高浪汹涌。
归去高香祈平安，
暮鼓晨钟。

（232）浪淘沙令

二〇一九

江海盼经年，
隔水一面。
涌浪随愁落甲板。
欲诉心事又人前，
风吹泪眼。

两船再擦肩，
此身可怜，
春风难度闭情关。
缘浅何故常思念，
仰首问天。

（233）浪淘沙令

二〇一九

相逢岁尚早，
轻寒料峭。
秋月春花事未了。
从此心门为情闭，
画地为牢。

待君封宝刀，
江湖路遥，
马放南山见芳草。
赌书泼茶度日常，
画眉浅笑。

（234）浪淘沙令

二〇一九

芳草试新妆，
正午阳光。
花好风软不惆怅。
白云随心去留处，
爱恨洪荒。

夜来小轩窗，
月色莲香，
天上星辰淡如霜。
柔情浅意连清泉，
山水一方。

（235）浪淘沙令

二〇一九

行来几重山，
云雾连绵。
顶雨曾过乱石滩。
秋水盈盈印心田，
纤尘未染。

月淡星河浅，
夜色微阑，
晓风已近竹林边。
左岸春暖花正艳，
只选青莲。

（236）浪淘沙令

二〇一九

独坐忆秋娘，
兰韵茶香。
阅尽诗书自芬芳。
万千才情化冬雪，
满天飞扬。

别来觉日长，
暮霭苍苍，
笛声随风月凄凉。
半睡半醒离人梦，
江水汤汤。

（237）浪淘沙令

二〇一九

生就琉璃心，
随性本真。
天下风情集一身。
关河归来对故人，
淡茶素裙。

相逢话前尘，
缘自有因，
会当相欠变相亲。
从此青山起琴瑟，
无论晨昏。

（238）浪淘沙令

二〇一九

心路绝旁念，
只认前缘。
可怜红尘遮望眼。
千里冰山访雪莲，
风阻雾拦。

唯有梁间燕，
两情无嫌，
此生何故到人寰。
来世春水学衔泥，
比翼蓝天。

（239）浪淘沙令

二〇一九

三世随君畔，
战马鹰犬。
一点执念到人间。
寻得兔牙岁已晚，
清泪苍天。

人身心依然，
今生日浅，
情深偏修闭口禅。
肝肠寸断终不舍，
素裙红颜。

［注］兔牙：见附录自由诗《兔牙》。

（240）浪淘沙令

二〇一九

迟来就心泉，
絮絮潺潺。
岁晚尚可入情田。
纵使无果花也艳，
夕照如烟。

故园小河湾，
悠悠浅浅，
梦里与君弄桑蚕。
此生缠绵话未尽，
来世重谈。

（241）浪淘沙令

二〇一九

匆匆岁又残，
晚来风寒。
绣履急步未歇肩。
杏眼观潮如前世，
家国江山。

去去惜华年，
伤痕如烟，
提马藏泪立人前。
今夜明烛照归路，
酒香茶甘。

［注］杏眼：见附录自由诗《杏眼姑娘》。

（242）浪淘沙令

二〇一九

向晚归路长，
新月如霜。
一线思念过山冈。
皇城依旧俏姿容，
不及秋娘。

他乡望家乡，
离久成伤，
梦中绣楼立斜阳。
来日重逢说别绪，
湖畔泉旁。

（243）浪淘沙令·元旦

二〇二〇

弯月照疏林，
迢迢星辰。
竹篱茅斋自迎新。
风动柴扉影朦胧，
疑是素裙。

薄酒又微醺，
肝胆诗文，
秃笔一挥笑古今。
玉箫高挂且不取，
留待知音。

（244）望江南

二〇二〇

黄昏后，
弯月照城头。
桥下残雪竹落落，
湖上浮冰水悠悠。
曾是少年愁。

（245）浪淘沙令

二〇二〇

丹青绘江海，
梦里情怀。
未上征程已归来。
苍天随意布风雨，
闲了书斋。

星空心不改，
对酒难排，
只向弯月诉灵台。
关山万里怜惜处，
都付裙钗。

（246）浪淘沙令

二〇二〇

回首说无愁，
当时西楼。
人不能留心相守。
茶盏轻举对明月，
离恨如酒。

初识忆清秋，
眉眼含羞，
爱如泉水自涌流。
从此芳魂怕黑夜，
别梦悠悠。

（247）浪淘沙令

二〇二〇

晓风动檐铃，
三两寒星。
绣楼孤灯彻夜明。
来去唯有天边月，
难诉离情。

凭栏对远景，
长亭短亭，
古道残雪自安宁。
何日芳草满天涯，
归泪盈盈。

（248）浪淘沙令

二〇二〇

日晚笛声残，
冬雨如烟。
街灯朦胧到江边。
青伞空渡自徘徊，
意冷情寒。

无端落人间，
营营不堪，
聚散匆匆问苍天。
夜夜相思隔千里，
荒了心田。

（249）浪淘沙令

二〇二〇

烟花夜如潮，
轻雾缭绕。
流光带愁过天桥。
寒衾无寐听远钟，
谁诉寂寥。

旧恨挂眉梢，
晨起未消，
帘外枯叶又飘摇。
渐现渐隐云中雀，
心路迢迢。

（250）浪淘沙令

二〇二〇

红尘何堪忧，
人生多愁。
不过牵手与放手。
缘去缘来因果事，
雨过云收。

沉沦又日久，
为情所囚，
偏忍伤痕拒回首。
蜃楼散后见前路，
江山依旧。

（251）浪淘沙令

二〇二〇

窗外雪飞扬，
天地茫茫。
遮蔽人间万种伤。
可惜无由入心田，
掩埋沧桑。

挥泪别既往，
不再思量，
任她芳魂失故乡。
情恨就此随流云，
游荡四方。

（252）浪淘沙令

二〇二〇

楼外小松岭，
残雪莹莹。
宛如平生未了情。
竟日滴滴化离恨，
清泪成冰。

晚来过园亭，
旧时情形，
巧笑声里听檐铃。
如今凭栏望明月，
天涯鸿影。

（253）浪淘沙令

二〇二〇

落霞去无痕，
街头黄昏。
树影婆娑独一人。
踏遍天涯都不遇，
闭情锁心。

三更对星辰，
遥想前因，
意在长空伴闲云。
可怜梦醒花已谢，
老了红粉。

（254）浪淘沙令·送行

二〇二〇

依依灵燕情，
乘云南行。
飞到珠澳入画屏。
十里和风会青帝，
花前听莺。

禅心抚潮平，
海上月明，
回望北天见奎星。
携来新岁换河山，
芳草青青。

［注］珠澳指珠海和澳门。

（255）浪淘沙令

二〇二〇

故里忆青莲，
三十八年。
松花江水碧连天。
秋风吹翻银河浪，
重来人间。

今世再牵绊，
灵燕南迁，
大明湖畔生菡萏。
合当弯月试玉箫，
情满历山。

（256）浪淘沙令

二〇二〇

春来花烂漫，
小脚蹒跚。
美目初探人世间。
太阳岛外听鹤鸣，
无限青山。

去去入云天，
念念故园，
中央大街曾流连。
梦里雪原辨足痕，
弯弯浅浅。

［注］太阳岛、中央大街均在哈尔滨市。

（257）浪淘沙令

二〇二〇

风雪过雁滩，
悠悠十年。
黄河清流忆从前。
当时未识芙蓉面，
独倚桥栏。

平生多耽延，
重来又晚，
芳踪长留白塔山。
横琴岛上正日落，
西北东南。

［注1］雁滩、白塔山均在兰州市。
［注2］横琴岛在珠海市。

（258）浪淘沙令

二〇二〇

金城思幽兰，
恋恋河湾。
城隍庙前留清欢。
当时月色共水流，
十里轻烟。

何日再重返，
执手相牵，
中山桥上约百年。
从此双雁是邻里，
永世缠绵。

［注1］金城是兰州的别称。
［注2］城隍庙周边是兰州的古玩商业街区。
［注3］中山桥是兰州黄河上的百年老桥。

（259）浪淘沙令

二〇二〇

落日云悠悠，
又见海鸥。
谁识滇池未了愁。
当时擦肩成遗恨，
十度春秋。

孤馆自斟酒，
北望齐州，
祭灶轻烟罩城头。
司命上天无他事，
但求牵手。

［注1］滇池在昆明。
［注2］济南古称“齐州”。
［注3］北方腊月二十三过小年，祭灶神。
［注4］灶神又称“灶君司命”。

（260）浪淘沙令

二〇二〇

旧地自徜徉，
云水茫茫。
金马碧鸡立斜阳。
为寻芳踪走天涯，
余生尚长。

归梦应无伤，
心路苍苍，
斗南花市夜来香。
一枝春色惹思恋，
故人脸庞。

［注1］金马牌坊和碧鸡牌坊在昆明老城区。
［注2］斗南花市在昆明市。

（261）浪淘沙令

二〇二〇

单樱连云霞，
芳草天涯。
盘龙江上弄鱼艖。
当年心事无着处，
蹉跎年华。

晚树见栖鸦，
旧时人家，
钱王街头夜笼纱。
一笺深情向素裙，
洋洋洒洒。

［注］盘龙江、钱王街均在昆明市。

（262）浪淘沙令

二〇二〇

翠湖春来早，
海鸥飘飘。
杨柳枝下九曲桥。
独倚栏杆望北国，
山高路遥。

何日君事了，
明月皎皎，
洗马河畔共良宵。
素酒浅茶对浮云，
心暖花好。

［注］翠湖、洗马河均在昆明市。翠湖上有九曲桥。

（263）浪淘沙令·年前

二〇二〇

拒酒怕说愁，
对坐一粥。
几许爱恨埋心头。
强忍别绪作笑谈，
去路无咎。

何处见温柔，
转转兜兜，
相逢才知难回首。
可怜今世多委屈，
花谢谁留。

（264）点绛唇·咏兰

二〇二〇

风起东南，
谁倩归鸿诉离愁。
烟柳如旧，
溪水又东流。

桃李匆匆，
片云微雨后。
别时酒，
十里芳洲，
春兰自含羞。

（265）小重山

二〇二〇

雨打轩窗起春愁。
楚天千里外，
恨未休。
归来常忆鹦鹉洲。
夕阳下，
倩女古渡口。

人间正烦忧。
当时多少梦，
难回首。
汉水长江万古流。
别时月，
曾照黄鹤楼。

［注］鹦鹉洲在武汉市。

（266）无　题（万卷诗书报母恩）

二〇二〇

万卷诗书报母恩，
出山一步一乾坤。
任它残冬藏寒意，
且为人间拾新春。

（267）太常引 · 春思

二〇二〇

灯影捻珠忆前行，
帘外雨淋铃。
醉里不堪听。
梦中月，
曾照青萍。

楼顶流云，
檐下轻风，
天边渐分明。
杏花自多情，
含苞处，
静待归莺。

（268）诉衷情

二〇二〇

凌霄无意蹈凡尘，
对月惜瑶琴。
关河谁识萍踪，
归去是山人。

杏花淡，
连翘深。
春未匀。
脚底芳草，
头顶白云，
天地我心。

（269）破阵子

二〇二〇

才从情海识缘，
又去梦中倾心。
春风向晚醒绿水，
海棠含苞夜沉吟。
花惜月下人。

韶华一场朝露，
平生几度黄昏。
休将薄酒消别绪，
唯有相思慰离魂。
欠还问前身。

（270）破阵子

二〇二〇

酒酣明月来访，
梦醒落莺无踪。
雁阵归时荒野绿，
霞光照处小桃红。
离愁竟日浓。

怕说今世缘浅，
谁料前生相从。
深闺端茶敬灯花，
古寺燃香拜禅钟。
可怜两情同。

［注］榆叶梅又名“小桃红”。

（271）朝中措

二〇二〇

杏林日暮望长庚，
远山渐迷蒙。
故园老柳新枝，
人间几度春风。

头上花蕾，
心中离人，
天边孤蓬。
才将流云数罢，
又听归鸿声声。

（272）一丛花

二〇二〇

秋千架外二月兰，
匆匆忆华年。
薄酒一杯敬从前，
归来时、梨花满山。
风雨孤篷，
冰雪单骑，
如今可笑谈。

昨夜茶残梦青莲，
名利淡如烟。
稚女溪畔放纸鸢，
斜阳里、丝纶钓竿。
夏至鸣蛙，
秋去寒蝉，
芳心正悠然。

（273）阮郎归

二〇二〇

归雁悠悠入闲云，
黄昏独闭门。
花开花落俱无因，
谁懂故人心。

思旧事，
伤前尘。
爱恨几沉沦。
且让相思接断魂，
灯残夜已深。

（274）南柯子

二〇二〇

房前新韭绿，
门外菜花黄。
晚来几案近月光。
不用兰麝熏香、自芬芳。

去时关山远，
来日流水长。
柔情入酒倍醇香。
待他千帆过尽、看斜阳。

（275）眼儿媚

二〇二〇

春雨霏霏忆前秋，
当时夜轻柔。
花间萤火，
月下美酒，
眉眼半羞。

别来无日不凝眸，
捻珠慰离愁。
桃红柳绿，
溪水悠悠，
归去同舟。

（276）风入松

二〇二〇

鸡鸣春山泪未干。
焚香敬佛前。
只向往世问今缘，
经声慢，
风卷珠帘。
纵使肠断余年，
难还三生相欠。

残月虽远夜犹寒。
茫然悟苦禅。
且留心痕在人间，
待归来，
念念不断。
相逢执手言欢，
笑说情路蜿蜒。

（277）迷踪双泉

二〇二〇

映月亭前待月湾，
芳踪曾印几重山。
梦溪桥头听秋虫，
青龙观下访春兰。
丝纶三尺钓斜阳，
芭蕉一叶送夕烟。
忽遇仙鹊解红楼，
太虚归处是人间。

（278）阮郎归

二〇二〇

待月湾畔思离人，
花落欲黄昏。
辨罢芳踪认香痕，
行来步步亲。

别时冬，
今又春，
夜夜望星辰。
天河滔滔欲断魂，
鹊前说寸心。

（279）少年游

二〇二〇

夜雨缠绵到黎明，
难舍故人情。
梦里清影，
床前孤灯，
晓风自伶仃。

暮春对花两惺惺，
聚散总无凭。
秋来飞蓬，
冬去浮冰，
离恨有谁听。

（280）少年游

二〇二〇

小蛮腰下旧画舫，
轻梦别香江。
那时忐忑，
当日凄惶，
此后竟成伤。

爱恨如今不思量，
人间又沧桑。
海心沙头，
白云山外，
灯火夜未央。

［注］小蛮腰（广州塔）、海心沙、白云山均在广州市。

（281）行香子·刻印

二〇二〇

暮雨凄凉，
孤灯彷徨。
别梦苦、天涯路长。
莫若囚君，
方寸印章，
待相思起，
随处见，
随处访。

昌化寿山，
鸡血田黄。
情浓后、鹅卵花岗。
冲刀缠绵，
切刀断肠，
须凝视时，
无地躲，
无地藏。

［注1］昌化产的鸡血石、寿山产的田黄石都是名石。鹅卵石、花岗石都是普通石头。
［注2］冲刀、切刀，是刻印的两种经典刀法。

（282）赤枣子·又一世

二〇二〇

星淡淡，
月浅浅，
相思未尽夜阑珊。
可怜天河少鹊桥，
情路蜿蜒到人间。

（283）赤枣子

二〇二〇

栏杆旧，
画楼空，
夕阳无声向落红。
燕子去后琴声断，
少年心事又随风。

（284）一七令·情

二〇二〇

情，
前世，今生。
三更月，五更灯。
闺中怨笛，天涯孤篷。
秋水浣纱女，冬雪诵经僧。
相识时藤缠树，相知后树缠藤。
银河对岸说心愿，奈何桥头忆旧盟。

（285）一七令·亲

二〇二〇

亲，
君心，我心。
魂缠绕，梦难分。
相依今世，结伴前尘。
船尾摇橹客，雨中撑伞人。
晚来煮茶温酒，灯下飞线走针。
一条红绳牵情缘，三生石上种爱根。

（286）蝶恋花

二〇二〇

立身海角欲泫然，
落霞孤帆，
关河误红颜。
始觉名利俱云烟，
归去与君效古贤。

爱田高种九如山，
天上情缘，
不似在人间。
只恨旧时曾耽延，
且将来日补从前。

［注］九如山在济南市南部山区。

（287）蝶恋花

二〇二〇

梦中寻得旧时路，
鸥鸣沙洲，
环佩踏歌处。
青丝飞扬浪千簇，
明月皎皎照古渡。

却因未逢误当初，
相知恨晚，
风光落沿途。
如今灯前忆清孤，
再约三山过芝罘。

［注］烟台旧称“芝罘”。

（288）望江南

二〇二〇

春又深，
斜阳照闲云。
野径惜香识柔情，
幽谷怜芳见寸心。
君是解花人。

（289）唐多令

二〇二〇

忘川再回首，
三界觅离愁。
叹人间、又隔千秋。
纵是神佛亦泪流，
情与爱、待君收。

归来更何求，
此生长相守。
天边月、结伴扁舟。
且握箫剑立潮头，
才与命、为君留。

［注］三界：道家指天、地、人三界。

（290）浪淘沙令·转世

二〇二〇

夜雨忆巴山，
锦瑟无端。
关河万里连相欠。
可怜平生情与恨，
都付长安。

此世入人间，
相逢甚难，
一弦一柱消华年。
铜钿蘸泪卜前路，
天教有缘。

（291）满庭芳

二〇二〇

坠日流云，
帘钩闲挂，
燕子去后黄昏。
柴扉自闭，
青苔静无痕。
那世前情旧爱，
随冷酒、烈焰焚心。
牧笛寒，
月照离魂，
落花正纷纷。

梦眼见故人，
青丝飞扬，
笑靥如春。
只可怜、隔岸浪高水深。
悲从中来泪目，
问天地、拘我何因。
待风起，
联袂素裙，
一飞入星辰。

（292）木兰花慢

二〇二〇

归来欲何求，
斜阳外，
听斑鸠。
叹心泉断流，
情田渐芜，
谁种谁收？
漫说和风有意，
吹不到，
东山栖燕楼。
梦中离恨两样，
天边弯月一钩。

花雕半壶浇新愁，
断鸿云悠悠。
看人间银河，
先隔织女，
后拒牵牛。
不信此生命定，
无鹊桥，
舍身驾轻舟。
左手真武拂尘，
右手观音杨柳。

（293）千秋岁

二〇二〇

关河归来，
独上问心台。
情易藏，
爱难改。
两世护花愿，
一命报裙钗。
栖燕楼，
夜夜清影入梦怀。

人在三山外，
月华空自开。
泪已尽，
恨难排。
见说肝肠断，
寸寸不相猜。
天霖至，
并蒂青莲出尘埃。

（294）行香子

二〇二〇

枝头归莺，
远山月明。
晚风轻、怕惹离情。
壶中愁绪，
谁诉伶仃。
且一会泪，
一会醉，
一会醒。

再铺旧笺，
默念芳名。
相思萦、满天群星。
往事重现，
心潮难宁。
又忽儿涨，
忽儿落，
忽儿平。

（295）燕归梁

二〇二〇

当时不识前世愁，
寻常一回眸。
从此痴怨又相纠，
纵余生，
亦难休。

情海浪高，
恨水长流，
劫来谁自由。
青焰焚心未放手，
梦中泪，
红盖头。

（296）意难忘

二〇二〇

独自芬芳。
对淡花浅草，
难叙衷肠。
乜秋蓬春絮，
纵剑气成霜。
送清流，
归大江。
云端是故乡。
人间事、烟飞尘扬，
休去思量。

谁说姮娥无伤。
羡蟾宫门外，
织女牛郎。
心有所依时，
两岸又何妨。
最寂寥，
月桂香。
情多亦深藏。
举目处、天阙遥遥，
星海茫茫。

（297）蓦山溪

二〇二〇

情缘未了，
空付奈何桥。
再多难舍泪，
都不堪、孟婆一笑。
人间如旧，
只是旧人杳。
三生石，
望来路，
千里浪滔滔。

此心寂寥，
独自对晚潮。
小舟欲归去，
又偏逢、暮雨潇潇。
昨夜梦君，
红尘尚安好。
或许君，
也相忆，
前身是阿娇。

（298）锦堂春

二〇二〇

寸心涩涩，
茕影伶仃，
情根断若浮萍。
趁弯月雁鸣，
箫慰落英。
水上一叶扁舟，
山巅几颗寒星。
从此事江海，
揖送尘劫，
不再营营。

只是仙缘无凭，
追忆竟随风，
去去沧溟。
当知柔肠千结，
谁解谁宁。
泪烛忽见灯花，
青鸟欲出长亭。
今世幸相逢，
强似来生，
尚可同行。

（299）芰荷香

二〇二〇

前生缘。
双骑走楼兰，
夕别长安。
弯弓大漠，
刀斩戈壁狼烟。
草原花开，
坎儿井、流水潺潺。
驼铃落日河湾。
拴马胡杨，
观雪天山。

夜来清泪梦忘川，
西域万里路，
谁是红颜。
岁月蹉跎，
都因换了人间。
待到相逢，
只一瞥、又回千年。
重拾滴滴点点。
合当陪君，
再出阳关。

（300）夜飞鹊

二〇二〇

对碧波云影，
不诉忧伤。
爱恨都应收藏。
缘浅缘深皆因果，
当是前生惆怅。
离魂千行泪，
寸心几度凉，
情债难偿。
就让今世，
随落红、飘零芬芳。

青山知我柔肠，
先挡双飞燕，
再遮夕阳。
欲将愁付晚风，
游荡天涯，
遣散他乡。
却怕怨根，
这厢拔、那厢又长。
叹星辉满天，
浑然无视，
只见月芒。

（301）无　题（众人俱说应放手）

二〇二〇

众人俱说应放手，
我却藏君在心头。
才礼灵佛消别绪，
又辞残月种离愁。
情债缠绵连两世，
相思缱绻隔一秋。
莫言他乡风光好，
天涯路断见归舟。

（302）婆罗门引·与月书

二〇二〇

独倚危阑，
秋来何夕到前村。
日日雨中黄昏。
待留千转柔肠，
梦里话温存。
常忆花开时，
联袂探春。

世事纷纷。
相知者、吾与君。
人间灯火，
难照桂畔仙云。
却将尺素，
裹寸心、一并付天孙。
过河处、寄予冰轮。

（303）满庭芳·与莲书

二〇二〇

寥落星空，
黯淡烟波，
孤帆依旧萍踪。
蒹葭深处，
蛙声又匆匆。
但得香润寸心，
尽平生、勿问西东。
君俊雅，
云台琴歇，
仙雾更重重。

前尘恨懵懂，
营营蹉跎，
耽延相从。
天有情，
梦中教睹清容。
从此功名碎事，
作绝唱、都付寒蛩。
佳期至，
芳魂路近，
晓风送远钟。

（304）解连环·仲秋

二〇二〇

雨息风残。
倾城拜月时，
独自凭栏。
叹来路、山岚水雾，
遮旧驿落英，
遗恨连绵。
千帆过尽，
蛩声碎、往事成烟。
情多更惘然，
春蕾秋芳，
相逢甚晚。

无助无奈无眠。
寸心难安处，
便是人间。
牵念起、咫尺天涯，
冷热两尘寰，
愁付寒蝉。
休说缘浅，
前生债、梦里催还。
谢姮娥、清光着意，
照我婵娟。

（305）锦堂春慢

二〇二〇

向晚思绪，
叶落风凉，
秋月照我暗伤。
问心头素影，
别来无恙。
可怜银河倒流，
人间离恨汤汤。
任墙外残蛩，
凄凄惶惶，
自诉衷肠。

谁识前生惆怅，
此世再相逢，
泪眼茫茫。
只是造化难料，
言浅情长。
但盼天降甘霖，
洗却一身沧桑。
早日执君手，
斜阳外、归故乡。

（306）汉宫春·木槿花

二〇二〇

朝开暮落，
人间本无常，
说甚情伤。
空留月茫星辉，
无缘得享。
夏日炎炎，
转瞬时、秋来风凉。
浮云动，
尚余霞光，
曾是短爱一场。

但恨寒蛩去后，
任心路沧桑，
谁可评章。
从此身伴何物，
衰草枯杨。
望眼虽穿，
觑不到、东篱菊黄。
再回首，
林雾瓦霜，
漫听经声佛唱。

［注］木槿花：又名“朝开暮落花”。夏秋开花，朝开暮萎。

（307）扬州慢

二〇二〇

芙蓉街口，
青伞娉婷，
暮雨来去轻轻。
任落叶随风，
凭灯影凋零。
伤怀处、说与谁听，
天涯路远，
月近长亭。
人间苦，
最怕缘浅，
偏又深情。

心病无名，
痛切时、夜半酒醒。
念万里漂萍，
露冷霜清，
芳踪伶仃。
营营辜负此生，
但只愿，
来世同行。
去桃花岛上，
曾遗碧波千顷。

［注］芙蓉街在济南市。

（308）秋兰香

二〇二一

月淡星渺，
街灯明灭，
旧地重来谁留。
多少伤怀事，
无处说忧愁。
怕相忆、中宵上层楼。
曾说天长地久。
风过也，
霜滑路遥，
终难回首。

平生豪情何寄，
踩一叶扁舟，
四海漂流。
浪狂日、须苍歌烈酒。
身心俱自由。
落霞可追，
功名不求。
笑人间、前尘老债，
你还我收。

（309）凤池吟

二〇二一

梦里寒月，
空照沙丘，
寂寞落桅栖鸥。
凡尘未了事，
蓦然回首，
总是离愁。
人间有恨，
清霜又染少年头。
前世仙缘，
今生执念，
欲罢难休。

此去谁言相守，
剩一江秋水，
独自东流。
千古伤怀处，
知己飘零，
情困西楼。
心归来兮，
银汉风高见沉舟。
无因由，
吾痴耳、天地不收。

（310）金盏子

二〇二一

独立荒茔，
对松短草长，
难诉凄凉。
牧笛夕烟，
老屋爹娘，
归来已无梦乡。
门前溪水，
去后流荡何方。
唯有山巅月，
不计寒暑，
空照残墙。

谁抚心头忧伤。
人间多旧事，
莫思量。
只是年少未了情，
又付浊酒，
烧我柔肠。
醉眼怕见，
竹马曾着红装。
此生恨、蟾宫路遥，
凭甚朱颜沧桑。

附　录

兔　牙

二〇一九

那一世，
你是可汗的公主，
我是一匹，
红鬃烈马、身披铠甲。
载着你，
驰骋疆场，
帮着父王，
打天下。
后来、我老了，
你也两鬓雪花。
在我独自走向草原深处前，
猛回头，
看到你两行清泪，
记住了你，
一双洁白的兔牙。

又一世，
你是渔家的女儿，
我是一只，
长嘴鸬鹚、偎依在你脚下。
陪伴你，

江河湖滨，
风中雨里，
捕鱼捉虾。
后来、我老了，
你又两鬓雪花。
在我独自飞向长空前，
猛回头，
看到你两行清泪，
记住了你，
一双洁白的兔牙。

再一世，
你是林海的郡主，
我是一条，
黄毛猎犬、名叫花花。
跟随你，
崇山峻岭，
深谷悬崖，
抓狐逮猹。
后来、我老了，
你再次两鬓雪花。
在我独自跑进岩洞前，
猛回头，
看到你两行清泪，
记住了你，
一双洁白的兔牙。

这一世，

我得了人身，
在红尘中苦苦寻觅，
两眼泪花。
天南海北，
春秋冬夏。
穿坏了多少双鞋子，
四海为家。
找不到啊，
那熟悉的眼神，
听不到那，
轻呼慢唤的一声“回啦”。
只有，
只有在梦中呵，
我才会见到，
见到那一双，
那一双、洁白的兔牙。

杏眼姑娘

二〇一九

寒风中，
走来一位，
生一双杏眼的姑娘。
对我轻轻一笑，
刹那间春风万里，
芳草天涯，
遍地花香。
连南极的冰盖上，
也洒满了阳光。

骄阳中，
走来一位，
生一双杏眼的姑娘。
对我轻轻一笑，
刹那间凉风习习，
雨润人间，
万物和畅。
连撒哈拉的沙漠上，
也湖水荡漾。

夜露中，
走来一位，

生一双杏眼的姑娘。
对我轻轻一笑，
刹那间生机迸发，
果实累累，
人丁兴旺。
连千里戈壁滩上，
也丰收在望。

晨雾中，
走来一位，
生一双杏眼的姑娘。
对我轻轻一笑，
刹那间瑞雪纷飞，
大地素裹，
山河银装。
连南海的妈祖神像，
也洁白发光。

如果、你遇上，
一位长着、杏眼的姑娘，
请走近她，
向她敞开心房。
那是幸福敲门，
天降吉祥。